진흙 얼굴

송재학
시집

문예
중앙
시선
004

진흙 얼굴

송재학
시집

문예
중앙

　얼굴을 목련과 바꾼다면! 가령 목련의 두껍고 흰 꽃잎을 내 목 위의 얼굴과 뒤바꾼 뒤 잠들면 무슨 세계일까. 희디흰 순수에서부터 누렇게 시들어가는 꽃잎의 우울증이라면 얼굴 대신 적당하지 않을까. 신기루투성이의 모래언덕도 좋겠다. 입을 봉하고 눈 감고 귀 막아버리면 서서히 얼굴에선 풍화가 시작되어 모래 얼굴은 바람에 사라지거나 바람의 일부가 되리라.

　무서운 것은 눈과 입과 귀를 막지 못해 언제나 온전히 깨어 있어야 한다는 것이다. 그러한 자각의 파편들을 억지로 모아 시집이라 했으니 내가 먼저 아프다.

차례

명자나무 우체국

올해도 어김없이 편지를 받았다

봉투 속에 고요히 접힌 다섯 장의 붉은 태지(苔紙)도
여전하다

화두(花頭) 문자로 쓰여진 편지를 읽으려면

예의 붉은별무늬병의 가시를 조심해야 하지만

장미과의 꽃나무를 그냥 지나칠 순 없다

느리고 쉼 없이 편지를 전해주는 건

역시 키 작은 명자나무 우체국,

그 우체국장 아가씨의 단내 나는 입냄새와 함께

명자나무 꽃을 석삼년째 기다리노라면,

피돌기가 고스란히 드러나는 아가미로 숨 쉬니까

떨림과 수줍음이란 이렇듯 불그스레한 투명으로부터
시작된다

명자나무 앞 웅덩이에 낮달이 머물면

붉은머리오목눈이의 종종걸음은 우표를 찍어낸다

우체통이 반듯한 붉은색이듯

단층 우체국의 적벽돌에서 피어나는 건 아지랑이,

연금술을 믿으니까

명자나무 우체국의 장기 저축 상품을 사러 간다

민물고기 주둥이

여름 내내 비워두었던 방의 창문은
막 산산조각 나고 있는 초록 거울로 바뀌는 중이다
방충망 전체에 번진 담쟁이덩굴은
거울 파편의 섬광을 빌려 단숨에 나에게 왔다
눈초리가 매섭다
햇빛이 담쟁이 잎새들을 손도장처럼 누르면서
다물지 못하는 상처인 양 아프게 했다
이 방에서 멀긴 했지만 내 육체에도 담쟁이가
기어들어온 흔적은 있다
딱딱하게 굳은 머릿속을 휘젓다가
결국 반죽도 하지 못하고 사라졌다
담쟁이 초록 잎새들은
죄다 담수어의 주둥이를 가졌기에
내 울대를 피해 빈방으로 건너갔던 것이다
어둔 곳에서 오래 헤엄치다
고요의 지느러미가 생겼던 것이다
나는 지금 막 부서지고 흩어지는 초록 거울 앞이다
물고기 주둥이를 만지고픈 늦여름이다

스위치

—백양나무 터널

내 하루가 또 저렇다

길 건너편에서 종일 기다리는 가로수를 만지기 전 나

는 뭐였을까

눈매 죽이고 납작해진 잎새들의 지느러미처럼

내 지향성은 햇빛이 통과하는 먼지에 가깝다

부드러운 살결을 가진

나뭇잎 사이 이슬의 수로가 있다면

푸르른 욕조는 비밀이 아니다

그쪽 나무도 이쪽을 넘보다가 목이 매끈해졌다

깨금발하고 팔과 손바닥을 한껏 벋어

힘들지만 우린 겨우 서로 닿았다

우선 잎새들의 입맞춤에 불과하지만

그게 스위치가 아니었을까

길 위의 나무 터널 안은 금방 환해졌으니

나뭇잎 / 나뭇잎들

위구르 남자 오사만은 아내는 나뭇잎들과 비슷하다고
말했다 아내가 몇이냐니까 그는, 자기 할아버지는 셋이
고 자신은 하나라고 대답했다 그에게 아내는 나뭇잎이
아니라 나뭇잎들이다 화염산 근처 폭염은 나뭇잎보다
나뭇잎들과 짝이다 나뭇잎들도 햇빛을 이기진 못하지
만, 길은 나뭇잎들의 그늘을 따라 심하게 휘어진다 나뭇
잎들이 없으면 길은 다시 직선으로 되돌아간다 낙타의
등도 그곳에선 순하게 휘어진다 더 많은 들일과 집안일
을 해야만 하는 등 굽은 '아내들'이 필요한 그에게 나뭇
잎과 나뭇잎들의 차이는 시시한 질문이다

사물 A와 B

까마귀가 울지만 내가 울음을 듣는 것이 아니라 내 몸속의 날것이 불평하며 오장육부를 이리저리 헤집다가 까마귀의 희로애락을 흉내 내는 것이다 까마귀가 깃든 동백숲이 내 몸속에 몇백 평쯤 널렸다 까마귀 무리가 바닷바람을 피해 은신처를 찾았다면 내 속의 동백숲에 먼저 바람이 불었을 게다

개울이 흘러 물소리가 들리는 게 아니다 내 몸에도 한없이 개울이 있다 몸이라는 지상의 슬픔이 먼저 눈물 글썽이며 몸 밖의 물소리와 합쳐지면서, 끊어지기 위해 팽팽해진 소리가 내 귀에 들어와 내 안의 모든 개울과 함께 머리부터 으깨어지며 드잡이질을 나누다가 급기야 포말로 부서지는 것이 콸콸콸 개울물 소리이다 몸속의 천 개쯤 되는 개울의 경사가 급할수록 신열 같은 소리는 드높아지고 안개 시정거리는 좁아진다 개울 물소리를 한 번도 보거나 들어보지 못한 사람에게 개울은 필사적으로 흐르지 않는다

겨울섬

섬까지 떠밀려간 내 하루를

파도인 양 모른 척 받아준 섬이

오래전부터 어루만지던 짐승이 있습니다

마치 끊어진 팔이나 다리를 억지로 봉합한 자국 같은

섬과 섬 사이의 모래밭,

작은 섬이 큰 섬과 안간힘으로 닿아보려는

저 창백한 겨울 백사장의 어리고 유순한 팔을 보면

무르팍 걸음으로 기어가는 내가

당신의 입술에 닿을 때면

몸은 모래로 흩어져버리지 않겠습니까

평생(平生)

월하리 은행나무가 이렇게 늙어도 매년 열매를 열 수 있었던 까닭을 노인은 개울이 은행나무 근처 흘렀던 탓이라고 전해주었다 개울의 수면을 통해 자신의 그림자와 맺어졌다는 이 고목의 동성애와 다름없는 한평생이 은행의 다육성 악취와 함께 울컥 내 인후부에 머문 어느 하루! 누구라도 자신을 그대로 사랑할 순 없을 거다 한시절의 화장한 자신을 사랑한다는 나르시시즘이 그렇게 뚱뚱해지거나 늙어가고 있다

부음

죽은 자의 육체가 누런 봉투처럼 납작해졌다
육체란 이처럼 자유로울 때가 있어야 하는 법
갑작스런 부음이 내 귀에 혓바닥을 날름거려
죽음과 삶의 경계를 불온하게 속삭인다
각을 뜬다는 말이 짐승에게만 해당되지는 않을 것이다
장의차는 사각형, 금방 죽은 자에게서 떼어낸 깁스한
다리이다
내 몸의 옹이는 모두 닫히지 않는 문짝에 모여 있다
마치 해빙을 되풀이하며 추운 밤과 햇빛의 성질을 모
두 간직해야 하는 생선의 육질 같아 자꾸 가렵다
내가 토악질을 한 가로수에서도 가지 부러진 곳을 제
쳐두고 많은 옹이가 눈에 뜨인다
다른 나무가 건드린 물집이다
창문을 지나가는 덩굴이 멈칫거리는 건 너무 많은 불
빛과 마주쳤던 탓인가

사막에 숨는다면

내 몸에 터 잡은 사막이 느껴지는데
어디건 맘껏 울음 터뜨릴 저수지라도 쌓아볼까
뱃속의 책[•]을 다 끄집어내어 햇빛에 말릴까
나, 없어지면
모래구릉 하나 봉분처럼 솟거나
모래웅덩이 움푹 파일 텐데
필생의 소리 한 번 내고 부서지는 종(鐘)의 울음이 들
렸다면
어느덧 나는 모래사막에 숨은 거라
나, 지금 바닥도 없고 위도 없는 중심을 이해하는 중이다
신기루에 경첩 달아 문 열고 싶은 거라
날 삼키고 지평선과 노을마저 합쳐질 때
사막은 제 몸의 물기 다 퍼내고
여윈 몸으로 묵언을 준비하는데
나, 견디지 못하고 철들면서부터 줄달음쳐버렸다

• 김시습의 시 「병중언지(病中言志)·1」 결구, "누운 채로 뱃속에 든 천 권 책을 볕
에 말린다네(臥曝腹中千卷書)"에 기대다.

투루판의 포도

하지만 나는 이곳을 떠났던 사람이다

양고기 삶는 시간으로 셈하는 하루

내 말〔言〕 위에 제 발자국을 포개는 무뚝뚝한 낙타

나를 지켜보는 게 늘 포도의 상(傷)한 눈동자여서 싫
었네

플라타너스 가로수가 두 줄인 것이

마음이 두 갈래로 나뉜 것처럼 싫었다네

나무 한 그루 풀 한 포기 없는 벌거숭이 화염산이 있
길래

아픔이 말초신경만을 쫓는 건 아니라네

포도가 육신을 다디단 혀와 쓰라림으로 나눌 때,

나도 혓바닥처럼 엎드려

위구르어의 깃털을 헤아렸네

포도즙이 섞인 핏방울을 얼마만큼 따라가니

내가 이곳을 싫어한 게 아니라고

검은 햇빛인지 검은 땅인지 속삭였네

떠났다가 돌아오라는 낮은 목소리

테라코타

— 권진규의 〈자소〉, 19×16×23cm/1967년

　붉은색에만 매달리는 북이 있다 모든 붉은색마다 쫑긋
하는 건 아니지만, 그 북은 소리를 빨아들이는 구멍/귀
를 가졌다 적멸을 부르짖는 구멍/입도 있다 단풍이 붉어
야만 북은 울림을 시작한다 붉은색으로 물드는 단풍잎
의 운명에 짐짓 고개 끄덕이는 것이다 모든 붉은색에 대
하여 막면(膜面)이 떨리는 건 아니지만, 어떤 불타는 나
무 어떤 노을에 대하여 북은 울린다 입과 귀가 한없이 열
린다 북이란 건 두들기지 않아도 저절로 소리가 나야 한
다면 이 북이 그렇다 북을 짊어지고 온 사람도 있다 붉은
함성을 들었다 다시 권진규의 테라코타를 보았다 붉은
진흙이다

진흙 얼굴

뎅그렇게 얼굴만 자꾸 진흙으로 빚어내는 조각가에겐 제 목을 잘라 얹어놓은 흰 접시가 있다 술과 고기는 창자를 지날 뿐 몸에는 여전히 부처가 있다라는 건 사막에서 떠도는 이야기이다 조각가의 목은 길어서 칼로 베기가 안성맞춤이지만 너무 자주 접시 위에 얹어졌다 전봇대가 직렬 연결에 열중한다면 조각가는 자신의 얼굴을 비춘 거울을 굽는 데 집중한다 앙다문 입 바로 안쪽의 동굴에 가득 찬 것이 모래라면, 뱉어낼 것이 아니라 모래로 쓰여지는 글자를 찾아야 한다 그러니까 내 얼굴도 흩어지는 모래를 감싸고 여민 흔하디흔한 비닐봉지인 셈이다 금방 터져 내용물이 흘러나올 것을 알고 있는 듯 울음은 두 손을 끌어당겨 급한 것부터 가린다 피할 수 없는 운명이 새겨지는 점토판, 얼굴

봄밤

휠체어 탄 소녀의 긴 머리카락,
머리칼은 지금 밤 12시의 시침을 향한 검은색이다
잉카의 미라 소녀도 풍성하고 검은 머리칼의 밤을 헤
아렸다
검은색은 봄밤의 몽환을 따라가는데
고양이 울음이 꿈의 귀퉁이에 웅크리고 있다
한 차선을 완전 점령하고 느릿느릿 움직이는 휠체어는
헤드라이트가 없지만
소녀의 아비가 뒤에서 비춰주는 트럭 전조등의 힘으로
길은 불 켜진 비닐하우스로 바뀌었다
저 환한 슬픔을 어떻게 달래야 하나
트럭의 속도는 마흔 살쯤 되는 그 아비의 주름살처럼
느리다 못해 정지한 듯한 순간들에 가깝다
한 땀 한 땀 힘겹게 수놓은 십자수의 간격이다
트럭 옆에 내 차를 동행시키기도 했지만
느림의 반대쪽인 이 다급함이 역겨워서
느림도 들끓는 마음으로 짐작해보는 봄밤

저녁의 나귀

위구르 식당 앞 나귀의 눈가에
어두워져가는 나이테,
나귀 대신 슬퍼하는 저녁이다
문짝 허술한 실내는 언제나 주렴 내리고
저녁이 서둘러 밥값과 길을 셈한다
색만꽃은 처녀의 향기를 더 얹었다
백양나무 잎새를 뒤집는 바람에도
나귀는 꿈쩍하지 않는다
내 짐이 무거운지 한사코 확인해볼 속셈이다

다행이다

다행이지 않은가 모든 삶을 알지 못하는 것이,

시선이 닿지 못하는 첩첩 산 뒤가 후생인 것처럼,

의심투성이 고비 사막에서 티베트까지 울퉁불퉁한 비포장 길이 좌우로 나누는 것도 생이다

먼지로 상징되는 건 전생이고 신기루로 나타나는 건 후생,

다음 생이 후생이기 전, 이미 그 생들은 서로 어루만지고 위로하고 있다란 느낌은 길 없는 사막에선 흔하디흔하다

저 희박한 산소라면 내 몸의 일부는 아가미일 것이고

내 죄마저 헐떡거리는 날숨에 앞자리를 내준다

창탕 고원에 도착했을 때 목숨 같은 초록이 달려와서 펼쳐놓은 이끼류에 나도 엎어졌다

천둥 같은 꽃잎

　절 마당의 산벚나무를 보러 왔는데 이미 산벚나무 죄다 진 회두리판, 다만 법당에 매달린 필부필부(匹夫匹婦)의 연등 불빛이 꽃살문 틈새로 화살처럼 쏟아져 나와 산벚나무 온전히 감싸니 그 나무, 뜻밖에 또 한 번 꽃피우느라 분신(焚身)을 준비하는데 어찌해 천둥소리는 나무보다 내 안에서 먼저 북채를 잡았을까

뻐꾹채라는 음악

엉겅퀴와 비슷한 어떤 붉은 꽃은 주먹만 하여 뻐꾹채
라는 색다른 이름으로 불린다 그 풀은 기린초 으아리 까
치수염 금불초 따위 여름 식물들과 섞이면 졸막졸막한
엉겅퀴 식구일 뿐이지만, 그 꽃을 냉큼 밑둥치에서부터
잘라 꽃병에 세 송이만 꽂으면 음악에 가까워진다 꽃의
높낮이는 음표처럼 설레거나 단정하다 살던 곳과 멀어
질수록 자신도 모를 진액을 흘리는 뻐꾹채 앞에서 음악
이란 것도 자꾸 어두워진다

빈 둥지

늙은 팽나무 우듬지 가까운 빈 둥지,
그곳에 내 머리를 얹어두고 싶다

사막의 강을 와디라 부른다

움푹 파이고 길게 긁힌 것들 위로 모래바람이 휩쓸기
전이라면

무덤에 산 채로 갇힌 늙은 사내의 손톱자국은
내 등에도 있고 내가 아는 여자의 등에서도 힘겨운데,
모래가 흘러가는 와디란 강의 숨결은
화살 맞은 기러기의 몸에서 떨어진 깃털이나
백양나무 잎맥처럼 여리고 가늘다
고요조차 그들이 편식한 걸 누가 모르겠나
강이기 전에 이미 길의 생김새이고
사람이 걷기도 전에 사라지곤 한다
일 년에 한 번쯤 급한 황토물이 의식(儀式)처럼 와디를
통과한다
한때 강이었다가 이젠 강이 아니라는 한숨을
급하고 무뚝뚝한 흙탕물이 나 몰라라 내팽개친다

슬픔이란 우당탕탕우당탕탕우당탕탕

……거센 흙탕물이 갑자기 모래 속으로 스며들 때의
고적감이 아닐까

낙타와 낙타풀

　세상의 모든 낙타들은 다 길들여졌으나 고비 사막 어딘가 야생 낙타가 남아 있다고 한다 신기루 따라 걷는 야생 낙타는 타박타박, 그 소리는 사막 아래의 지하수 물이 우는 소리와 비슷하다 한때 이곳이 바다였듯이 내가 물고기라면 검은 아가미가 가만가만 열리고 닫히는 소리와 다르지 않을 것이다 낙타가 먹는 소소초라는 풀, 사막의 먹을거리란 뻔한데 그마저 가시가 있는 낙타풀, 다른 짐승이 얼씬도 못 하게 심술이 닿은 소소초의 운명은 고비 사막이 자꾸 넓어지는 것과 닮았다 소소초 안에도 모래와 자갈뿐인 사막이 있어 타박타박 야생 낙타가 걸어가고 물고기였던 내가 화석으로 발견되곤 한다 소소초를 씹을 때 낙타의 입은 가시 땜에 피가 흥건하지만, 내 육신은 막 떨어지는 저녁 해를 떠받치지 못해 피곤하다

양이두로 상상하기

8현 가야금의 머리 부분인 양이두 사진을 보면

먼 백제 사람의 저녁이 수많은 귀와 입을 가진 채 내 저녁과 겹치고, 몇 번이고 울리는 우레마저 나와 다시 겹치는데, 짐작하자면 공기와 빗방울과 달빛이 뒤죽박죽된 왕배야덕배야 낮고 길게 퉁기는 음색으로, 천천히 구르는 수레바퀴의 살처럼 되풀이된다 햇빛이 하품을 하며 더 어두워진 저물 무렵, 빗물 고인 웅덩이에 오래 머무는 구름처럼 어떤 음은 내 몸에 쉽게 스며들어 그걸 손금이라고도 하고 어떤 음은 잡히지도 않고 빠져나가 금방 잔상만 남는데 그건 전생이라 불리기도 한다

나무로 만든 옛 편지, 목독

　우루무치 박물관의 목독(木牘)은 내가 남겼던 편지이다 편지! 그때도 편지가 있었기에 나는 태연스레 죽음을 택했던 것이다 나무로 만든 편지지와 나무로 만든 편지 봉투를 믿진 않았지만, 나는 편지를 자주 썼다 니야에 남긴 내 편지는 물론 아직 발굴된 건 아니지만 나는 알고 있다 곧 편지가 발견되어서 내 일생은 드러날 것이다 편지지와 편지봉투를 묶은 매듭을 봉한 진흙 위에 나만의 흔적인 봉니를 남겼다 왼쪽은 꽃이고 오른쪽은 바람무늬의 봉니를 다시 만질 수 있다면 그건 천팔백 년 전의 내 얼굴이고 불면이다 물론 카로슈티 문자여서 다시 문장을 공부해야겠지만 숨결 같은 글자로 시작하는 문서를 더듬더듬 서툴게 읽을 수 있으리라 운명을 검은 글자로 새기면서 내 눈물을 마르게 했던 바람도 검은색이다 내 피에 떠돌아다닌 왕국의 이름이 모두 상형문자임을 아슴아슴 기억한다 목독은 지방 관리나 치안 관계자에 대한 보고서와 지령서이다 따라서 그 목독은 먼 훗날에 남긴 나에 관한 보고서와 지령서이다 왜 나는 해 지는 쪽

으로 걸어가 죽어야 했고 생을 거듭한 지금 어디로 가야
하는지에 대한 희미한 대답이기도 하다

어떤 꽃은 차라리 짐승이고 또 어떤 벌레는 차라리 꽃에 가깝다

노란 꽃잎 중간에 검은 점 박힌 천인국은 국도 변에서 화등잔만 한 눈 부릅뜨려고 까치발 세운다 목 위로 눈만 불쑥 솟아 있다 한때 내 것이었던 충혈된 저 눈, 한두 송이도 아니고 줄지어 서서 도깨비풀같이 달라붙는 낯선 꽃의 핥는 듯한 눈초리 때문에 차가 커브에서 아래로 굴렀다 여우에 홀려 가시덤불로 걸어들어간 옛이야기와 무어 다르냐 천인국 위로 하늘거리는 나비떼만큼은 그 외래종의 입김이라고 부르자

그때 백열등이 늘 켜져 있었다

그땐,
겨울밤의 빗줄기에도 지워지지 않는 백열등이
머릿속에서 늘 켜져 있었어
쏜살같은 청춘에서 연애는
오래 씹어야 할 고기처럼 걸신(乞神)에 가까웠다
더 심할 경우 입맞춤이라도 하려면
꽁꽁 언 냉동식품같이 몸을 먼저 해동시켜야만 했지
그 연애의 꽁무니에 따라붙는 것이
냄새였지만 어찌하겠는가
어떤 정육점에는 붉은 등을 켜놓고도
흑죽학죽 질 나쁜 육질이 있지, 그래서
그 여자의 젖가슴은 꽁꽁 동여매어졌다
어떤 어둠에서도 백열등의 스위치가 만져지던
그땐,
언제나 그렇듯 우는 자가 내 옆에 있었다

의자를 기다린다

의자를 기다린다
의자라는 모래, 의자라는 책의 예감
하루 종일 움푹 파인 그늘에서 책만 읽는 남자!

그러나 내 앞날이 없으리라는 불길함이 먼저 의자에
앉아 있다
내가 의자가 아닐까라는 몹쓸 생각에 골몰한 것도 그때,
가만히 보니 굽은 척추를 약간만 더 굽히면, 결국 부러
지긴 하겠지만 의자의 딱딱한 틀과 비슷하고
연골에 염증이 생겼지만 무르팍에도 살이 조금 남아서
한 사람의 사색을 부추기는 데 지장이 없을 듯하다
팔걸이가 필요하다면 내 위에 앉은 이를 가만히 포옹
할 이 두 손
그가 쉬고 싶다면 구름국화에 대해 이야기를 해줄 것
이다
만약 그에게 적막이 필요하다면 내 귓속을 파내어 먼
저 내 안의 모든 소리를 죽이리라
이제 잠들다 깨어나면 나는 의자의 살과 뼈,

의자 속에서 성장하리라

하여 지금 내가 기다리는 건 이 색다른 의자에 앉을 속 깊은 사람

그가 읽는 책에 가만히 귀 기울이면 그만일 삶

맛있다

그 아이는 행동발달장애아이다 먼산바라기 눈빛이 안
쓰럽다 어느 것도 그 아이의 몫은 아니지만 눈빛만은 제
것을 더듬고 있다 열 살짜리 그 아이의 동생은 제 형을
약간은 귀찮게 생각하고 꺼려하는 눈치다라는 건 내 짐
작일까 우리 집에서 저녁 먹던 날 그 아이가 미역국과 김
치 국물로 비비다 만 밥을 투정하듯 제 동생의 밥그릇에
떠넘겨버렸다 나 혼자 숨죽였다 어린 동생은 잠시 멈칫
거리다가 그 벌건 밥덩이를 제 입에 떠 넣고 여느 때처럼
삼켰다 냉큼이나 꿀떡이란 말이 뭉클하게 떠올랐다 그
건 아주 맛있는 밥의 어원이다

숲

누군가 저 숲에는 이제 늑대가 사라져 신성이 없다고 단정합니다 나무들이 뒤척거려도 숲은 기침처럼 헐겁습니다

눈 내린 새벽 숲에서 발자국을 만났습니다 앞쪽 세 개의 발톱은 심장을 움켜쥔 듯 깊고 섬뜩하고, 뒷발톱이 뿜내는 날렵함으로 이건 식육목 갯과의 늑대입니다 뒷산에 아직 짐승이라니! 폭설의 빛깔은 송곳니처럼 날카롭거나 시립니다 짐승이 다니는 길은 숲의 숨결이 부딪치는 경계, 소문은 금방 내 몸으로 번졌습니다 눈의 무게에 제 목을 떠넘긴 생목 부러지는 소리는 짐승의 낮은 울음처럼 섬뜩합니다 풍문만으로도 꽃샘추위는 수은의 아랫도리를 잡아당깁니다 죽은 개를 파묻은 다음 날 그 자리가 파헤쳐진 것도 수상하고, 은방울꽃 군락지에서 내 등을 쏘아보던 근육질의 시선도 새삼 떠올랐습니다 다시 숲이 뒤척거리자 산등성이의 등 푸른 척추가 날카롭게 드러납니다

초롱꽃

유월, 초롱꽃이 처음 등을 걸었을 때
내 속에도 기타의 선과 비슷한 불빛이 꺼지지 않았다
며칠 만에 꽃이 시들고 희미해지자 그 한 뼘 아래
다시 기타줄 고르는 등불이 켜진다
밤사이 다녀간 등불의 주인이 궁금하다
심지는 마르는 법이 없는지
또 꽃 지고 등불이 걸린다
다정다감한 흰 손이 계면조 높이의 등불을 떠받친다
아니, 소지 공양 중이라고 중얼거린다
초롱꽃이 열정으로 여름 내내 등불을 번갈아 달 때
내 생각은 심지의 나선계단을 빙글빙글 돌면서 내려
간다
아, 그때 내가 궁금한 것은 무엇보다 등불의 주인!
초롱꽃이 주인은 아니다
지하실까지 내려가 기타의 공명통을 살피던 내가
오히려 주인인 것처럼 오래 앉아 있기도 했다
그곳은 내가 방문할 때마다
텅텅 비었지만

아직도 초롱꽃은 숨겨둔 불씨가 많다고 한다
내 귀에 맴도는 메아리가 그 한가지인 것처럼

진눈깨비

미간을 더 자주 찡그려야만 했다 진눈깨비 탓이다 전
봇대가 내 알 바 아니다라는 듯 광고지를 더덕더덕 붙인
채 팔 벌리고 서 있다 전봇대 같은 변명을 하자는 건 아
니다 진눈깨비를 쳐다본다는 건 그냥 그렇게 멍하니 서
있는 것이다라고 중얼거리고 싶다 하염없이 사시(斜視)
로 떨어지는 진눈깨비를 징검다리 삼아 위로위로 시선
을 올리면 성층권의 시렁 위엔 결국 전봇대처럼 가지가
다 부러진 나무들이 줄지어 서 있다는 생각, 그냥 물끄러
미 서서 진눈깨비가 하자는 대로 떠밀리면 나마저 전봇
대처럼 안이 텅텅 비워진다 내가 속삭이는 건 나도 한때
저렇게 많은 팔다리로 어떤 사람을 향해 미친 듯이 달라
붙었다는 것이다 그러니까 겹벚꽃을 피우는 벚나무도
그 속셈으로 내 눈썹 근처 휘날렸던 거다

고양이 키우기

단색 페르시아고양이 한 마리가 나와 친해졌다 마침 나는 고양잇과의 열육치(裂肉齒)에 대한 산문을 뒤적이고 있을 때였다 내가 남긴 음식 찌꺼기를 기꺼이 핥아주고 새벽 기상시간에 뒤척거려주던 이 고양이는 사랑스럽긴 하지만 불청객이다 아파트 입주민에게 늙은 낭묘는 어울리지 않는 것 식구들은 그 눈빛을 거부했다 하지만 입 주위에서 턱밑까지, 윗입술에서 뺨과 눈 위까지의 긴 촉모의 섬세함을 나는 얼마나 원했던가 결국 포유류의 검은색을 내 입속에 꾸역꾸역 밀어 넣을 수밖에 없었다 반인반수의 어둠이 너의 집이다 그곳에서 뛰어놀고 울부짖고 배설하렴 나와 함께 밥을 먹고 화장실을 이용하면서, 나는 한결 날렵해지고 고양이는 중산층처럼 게을러졌다 대낮에는 책조차 읽을 수 없었다 그 야행성이 사십대의 비만에서 고양이를 끄집어낸 걸까 단색 페르시아고양이처럼 내 발바닥에도 연한 육질이 생겨 어둠과 비슷하게 소리 없이 걷게 되었다 하긴 인간의 몸은 아직 수렵에 어울린다는 주장이 있다 고양이가 내 몸을 차지하게 된 이야기의 시작은 이러했다

느린 발자국

밤늦게 귀가해 방의 불을 켜자마자 미처 빠져나가지 못한 것들, 너무 느려서 불빛과 내 시선에 꼬리 잡힌 일렁거림이 있다 차츰 딱딱해지는 갓 구운 빵의 처음과 다를 바 없다 창틈이 움켜잡아 낡은 커튼이 된 느린 발자국들 그냥 눈감아주니 슬며시 커튼을 움직이네 그것은 게으름마저 삼키는 입이 있다 날랜 것들은 이미 흩어져서 냄새조차 없지만, 느릿느릿한 숨결과 발자국의 주인은 가끔은 하품처럼 가끔은 먼지처럼 능청스런 가구(家具)인 척한다네

등

아침 햇빛이 환해지며

산등성이가 황소의 등짝처럼 계면쩍은 터럭까지 다 드
러내자

지나가는 손 있는 것들 모두 능선을 긁어준다

산들바람마저 제 뭉둥손으로 고랑과 주름을 헤아린다

개

먼저 턱이 싱싱한지 위아래를 딱딱 부딪쳐볼 일이다

관절에서 풍선 긁는 소리가 난다면 입 다물어라

비리거나 축축한 것에도 아가리를 들이밀 수 있어야

한다

물 수 없다면 짖지도 마라[•]

어둠을 향해 짖지 마라 그건 먹이가 아니다

네 입은 욕망보다 작으니

네가 온전히 씹을 건 결국 없다

부드러웠지만 이제 뻣뻣해진 식은 육질을 골랐어도

허기 때문에 마구 삼키면 모두 비웃으리라

네가 혀와 이빨이 있다면

혀는 달콤함을 의심하고 이빨은 딱딱함을 거절하라

어둔 구석에서 네가 지금 막 삼키는 건 혹시 너의 살이

아니냐

제 몸을 들여다보았기에

생긴 욕지기가 아닌가

• 윤치호의 일기 중에서 차용.

회색과 노란색

눈알이 아프더니 눈물이 말라가는 안구건조증이란다 눈 속의 샘물이 텅 빈 건 더 이상 울음 밖으로 띄울 부표가 없는 탓이다 내 시선이 자주 머무는 도심의 건천(乾川)은 늘 낡은 외투색 콘크리트 욕조, 눈이 많이 아픈지 저 외투색만 익숙하다 생각나듯 고지랑물이 고이는 욕조에 몸집 큰 트럭이 짐승처럼 으깨져 널브러진 풍경만 반복된다 망가진 헤드라이트가 내 눈동자 속에서 불 켜려는 안간힘이 불편하다 용두머리 야산의 아랫도리를 적실 때마다 봄비의 전립선은 아프다 외투색 욕조도 깊이를 회복한다면 관능이라 할 수중 식물들을 마다 않을 게다 어쩔 수 없이 봄이 와서, 봄비가 채근해서 즙을 짜내듯 피는 개나리의 노란색 으으, 얼마나 어렵게 짜낸 진액인지 몰라도 내 눈알이 빠개질 듯 아프다 올해 단 한 번 폭발하듯 피어난 개나리의 진노랑이 결국 내 눈동자를 후벼 파리라

내 몸에서 연어를 잡다

연어를 생각하자 내 등에 지느러미가 돋아나와 물의 숨결 하나하나와 부딪친다 산수유 핀다는 종소리가 들리는 건 그때! 물론 어린 연어 정도야 손으로 잡을 수 있지 이 어류에게도 등뼈의 푸른빛은 눈부시어, 빠르기와 힘차기는 세찬 여울과 버금간다 노을처럼 태연하게 초록물에 손 담그면 햇빛의 비늘 닮은 연어가 내 손을 통과한다 며칠 전 나는 물고기 방생제에 참석했다 그들이 자란다면 내가 듣고 싶어 하는 종소리는 원 없이 들을 수 있다고 믿었기에 나도 돈을 지불했다 연어가 헤엄칠 때 강줄기가 수직으로 세워진 것을 보고 싶었던 때문이다 어떤 폭포의 소리만으로 높이를 짐작할 때 물줄기와 소리는 그렇게 야위어야 하지 않을까 종소리에서 쇠를 발라내어도 소리는 팽팽하지 않을까 내 몸 어디에 연어 보호구역이 있었던 것 섬진강 상류에서 생각해본 잠깐의 내 꿈이래야 결국 연어를 내 몸에서 끄집어내거나 연어의 지느러미와 물결을 착각하기 아니면 내가 연어 속에 들어가는 방법 외에 무엇이 있을까 종소리 울리는 강물

은 급기야 내 몸에 산수유의 만개를 알리는 연어 밀사를
보내고야 만다

전봇대로 남은 새

한때 전봇대가 새였던 것은 분명하다 뒷골목에서 급한 발자국 소리 내는 건 모두 다리가 긴 전봇대, 직선에 가까운 몸과 날개 흔적을 보면 높이 날았던 기억은 점점 희미해지는 게다 아카시아 잎을 건드렸던 부리는 퇴화해서 그 잎보다 작아졌지만 머리는 자꾸 굵어지고 무뚝뚝해져서 가끔 수음하는 변압기처럼 윙윙거린다 지금 들리는 비명도 콘크리트색 살이 으깨지며 철근의 속셈이 드러나면서 터져 나오는 소리이다

하루 종일 서 있는 전봇대의 항적(航跡)에서 높이라는 수직비행을 지우진 못한다 또 다른 조류였던 전봇대들의 일렬횡대를 이어주는 전선줄의 심한 떨림을 보면 새들은 아직 지상에 안착하지 못했다 새의 근심은 외로움만으로 콘크리트 둥지 속에 숨어들어간 건 아니라는 데 있다 무뚝뚝하고 외롭게! 그것은 새가 전봇대처럼 서 있는 방법이기도 하다

소금쟁이

　지금 물 위에 떠 있는 게 아니라 물의 살점을 움켜쥐었
다 수면 아래 물의 정강이뼈까지 만졌다 저수지와 드잡
이질 채비를 했다 저가 가볍기에 더 가벼운 게 무언지 궁
금했던 게다

육체라는 푸줏간

당신이 팔려는 눈동자엔 수심(水深)이란 게 있다
그게 눈물인지 허기인지 불분명하다
대체로 상등품이 아니라는 뜻이다
시계 소리가 들리던 당신의 뇌라면
은어가 거슬러 갈 만한 혈관조차 막혔기 십상이다
하긴 상관없겠지 그건 허황한 꿈의 대용품이니까
당신을 위해 죄의식을 짊어졌던 두 팔,
떼었다 붙였다 할 수 없으니 괴로웠던 두 팔은
내 푸줏간의 길잡이 노릇을 시키리라
양 손바닥에 구더기 떼가 오글거리는 가려운 하루만
견딘다면
장물아비 카페의 불빛이 이빨 마주치며 당신을 기다
린다
온갖 물질을 떠받쳤던 두 다리, 입이 없어 단 한 번도
웃지 못하고
평생 무게만에 골몰했던 부자유에게도 셈을 치를 생각
이다
이것저것 떼버리고 나면 당신에게 남는 건 모진 뼈뿐

일 터인데

　그마저 구멍 숭숭 뚫린 피리로 고쳐 이 장물아비에게
넘기고자 한다면

　당신은 거절하지 못하리라

표준어와 방언이 뒤섞인 오래된 백과사전의* 나무 항목에서

사람이 나무를 닮아 직립을 지향했다는 것은 진화론의 측면에서 놀랄 만한 일이 아니다 고독에서 시작했을 직립은 영성(靈性)의 의미가 있다 물렁물렁한 영성이 직립을 부추겼고 검고 딱딱한 직립 또한 영성의 공간을 부풀렸다 직립은 가슴에 둠벙 같은 모양으로 시작했으나 보다 영성이 욕망과 관계되어 강물이나 모래톱과 뒤섞이고픈 소망 같은 것은 진화의 시점에서 헤아리면 아득한 훗날이다 모든 귀납법의 끝에 이르면 호모 사피엔스의 영성은 나무의 직립 모델에서 파생했다는 명제는 분명하다 시야를 널리 확보하는 직립은 형용사나 부사로서 해석할 것이 아니라 명상 혹은 명사로서 접근해야 한다 혹자는 직립이 내면적으론 거울 효과가 있다고 주장한다 즉 자신을 전체로서 바라보는 것, 그것은 직립만이 가능한 자세이며 지식이 지녀야 할 창고의 전제 조건이기도 하

---

* 이 백과사전이 인터넷에서 몸짓을 키워가는 해적판인 것은 분명하다. 보르헤스도 종종 이런 해적판 사전에서 소설의 영감을 의지했는데,「틀뢴, 우크바르, 오르비스 테르티우스」가 그것이다.

다 꾸역꾸역 담아야 할 것이 많은 호모 사피엔스와 직립
은 서로 거역하지 못하는 상호 불가분이다

충수염

내 옆구리에는 몇 바늘 꿰맨 자국이 있습니다

정거장의 팻말입니다

강의 자갈을 채취하기 위해

증기기관차도 들락거렸습니다

쇠가 쇠를 모질게 붙드는 브레이크 소리와

구름을 만드는 증기가 피어올랐기에

배앓이하던 모년 모일의 아지랑이는 무채색입니다

돌아가신 할아버지와 아버지가 일 년에 몇 번

역광을 안고 돌아오시는 길이기도 합니다

나뭇잎들이 일제히 손사래 치면

광목천 위를 달리는 몇십 리 강물은

상현달이 아니라도 숨찬 은빛이고,

상처가 쉬이 낫지 못한 것도 강이 자주 범람했던 탓입니다

동무가 이사 간 쪽으로 아카시아 꽃잎은 더 붐볐습니다

이제 내 몸의 간이역은 폐쇄되었고 레일은 철거되었습니다

가만히 더듬어보면 그건 삼십 년 동안

충양돌기가 아팠던 기억이기도 합니다

검은 산

　정선에서 사북으로 왔으니 검은색이 초록계를 봉인했다 사북에서 고한까진 느린 이정표, 몇 시간 머물러도 한 달이 훌쩍 지나가고, 하루조차 석삼년을 천천히 씹어 삼킨다 한때 나 역시 늙고 지친 삼엽충이었다 검은색 탄가루가 싫증나지 않는 산은 휘발성의 바람과 마구 부딪친다 산과 햇빛 사이 갱도가 있다면 분교도 있다 미루나무와 바람이 급히 엮은 풍금의 흰건반이 고음을 고를 때, 낡고 검은 음반으로 세운 조립식 담장 때문에 자꾸 되돌아오는 저음만을 들어야 했다 햇빛과 검은색이 눈물과 눈물샘처럼 가깝기에 또 울컥 눈시울이 젖어오는가 사북과 고한 하늘에 손바닥을 펴 보이면 실핏줄이 보이도록 투명해지는 건, 아직도 맑은 물살이 석탄층 밑에 흐른다는 검은 산 때문인가

경계

    장인의 장례식에서 처고모는 금방 울음 안으로 주저앉 듯이 무너지며 곡을 시작했다 잘 익은 수박처럼 쩍쩍 갈 라지는 울음을 덮어주는 눈물은 없지만 사설의 아가리 가 꼬리를 주절주절 물면서, 동기간의 추억이 사람들을 애틋하게 했다 슬픔이 어느 정도 차오르자 갑자기 처고 모는 곡성을 멈추고 한 청년을 자신의 아들이라고 인사 시키곤 다시 울음 속으로 온몸을 던진다 울다가 자주 고 개를 돌려 사람들에게 자신의 아들이 대학생이라는 것 을 몇 번 강조하는 처고모, 그 청년이 시앗 보아 얻은 아 이란 것도, 그토록 금지옥엽처럼 키웠다는 것도 나중에 알았다 얼었다가 터져버린 수도꼭지에서 흘러나오는 울 음과 울음 아닌 것들은, 개울과 마주치는 길처럼 정답다 손톱 밑의 검은 흙은 밭일을 하다가 길 나선 바쁜 일정이 고 입술의 거무튀튀한 붉은색은 루주 자국을 대신한 것 이다

알(歹)

알(歹)이란 글자는 살을 발라내고 남은 뼈의 상형이다 앙상한 뼈에서는 외줄 다리를 건너가는 사람의 아슬함 이 다가온다 알(歹)을 부수로 하는 글자들은 텅 빈 냄새 를 먼저 풍긴다 천자의 죽음에는 붕(崩)이라는 새의 거 대한 날갯짓 같은 분위기가 비가역적으로 자꾸 덧칠해 지고, 제후의 죽음은 훙(薨)이다 훙도 자세히 살펴보면 화려한 수식의 모습이다 장엄한 상복을 입은 자세이다 그건 생전의 거대함이 무너지는 죽음이다 고관대작은 대체로 졸(卒)을 선택하는데, 심부름꾼이라는 의미로 졸 은 자신을 낮추는 목민관의 심리가 앞선 글자이다 역적 이 죽으면, 억센 경음의 폐(斃)가 뒤따른다 하지만 누군 가 폐! 라고 불리고픈 마음도 있을 터이다 평민의 경우 는 흔하디흔한 사(死)라는 문자가 따라온다 알(歹)의 형 용사인 비(匕)는 수저와 비수의 뜻이 겹쳐진다 수저일 때 먹는다거나 산다는 것이 죽음에의 진행형에 다름 아 닌 것이고 비수일 때 죽음은 관리나 도적에 의해 죽은 것 을 의미한다 내 죽음을 가리킬 상형문자를 생각하다 오 (吾) 옆에 알(歹)의 조촐함을 세우기로 했다

잎새들

내 사무실 창가의 가로수는 플라타너스, 많은 손을 가졌습니다 손바닥마다 버들붕어가 공양한 눈동자들은 돋을새김입니다 창문을 열고 내 이마 짚어보는 잎새들이 촘촘한 혈연을 앞장세우는 오후 3시! 잎새들이 밀종(密宗) 햇빛에 흠뻑 빠지더라도 경을 외우지는 않습니다만, 손바닥의 온기로 짚은 위독이 있다면, 오후의 살갗에 소름소름 닿는 초록색의 미열은 어쩔 수 없습니다 햇빛과 잘 놀고 있는 잎새들만큼 나도 햇빛에 말려야 하는 건 무조건 널어놓았습니다 창가에서 바람의 눈썹을 빌려 15년쯤 날 어루만졌던 플라타너스는 자신의 모성애를 발견한 듯합니다 오래 그 손바닥에 내 어질머리를 맡겼으니, 나무를 닮은 어머니가 또 한 분 더 있어 날 지켜준다 해도 놀랍지 않습니다

청춘

어떤 옥탑방에는 밤사이 신발이 가지런하다
집 나간 아들이 몰래 들어와 잠만 자는 것이다
물론 그 집 식구들도 다 아는 사실이다
청년이 화가 지망생이란 것도 놀랍지 않다
그 집 옥상에서 열린 전람회는
얼마나 많은 색깔을 구워냈던가
양치식물과 빗방울은
그에겐 푸른색의 내재율이다
비밀이 시작하는 것이다
간혹 내 중년도 청년에 의해 푸른 추상화가 되곤 했다
그곳이 머위 잎 녹음처럼 부드럽기에
셀로판지를 통과하는 햇빛은
다시 햇빛의 바늘귀를 지나간다
그건 생의 주름을 깁는다
옥탑방의 목록에 새털구름이 떠다닐 무렵
청년은 보이지 않았다
그 자리에 물탱크가 들어선 것도 그쯤이다
나도 한때 청춘을 어딘가 구겨 넣었지만

노란색 물탱크는 비가 오지 않아도

안간힘으로 새것이다

피아니스트

사자가 여우를 덮치자 기다렸다는 듯이
검은색 휘장이 내려졌다
열 개의 발톱이 탐스런 살을 파헤치는 과정은
너무 잔인하기에 실루엣으로 처리되었지만
흰 뼈가 부르짖은 비명은 빈 객석마다 꽂혔다
휘장 안이어서 분명하진 않지만
발톱은 제각기 따로 움직이며
여우의 털을 뽑고
두개골은 나뭇가지에 걸었다
군침을 삼킨 허기는 재빨랐다
어린 여우족들은 정수리에 박히는
얼음의 냉정을 짐작해야만 했다
두려운 건 피가 아니라 피가 없는 짐승의 표정이다
가장 높은 음이 들리는 걸 보니 드디어
여우의 심장이 도려졌나 보다

휘장이 찢어진 곳에
단정한 입을 가진 피아노가 있다

외투

바깥부터 모래로 바뀌면서 천천히 무너져 내리는 산이 있다 톈산에도, 파미르 고원에도 여럿 보인다 그래도 아직 높아서 산이다 훌훌 털고 일어나면 날렵해질 터이지만 오래전부터 모래늪에 육신을 맡겼으니 더욱 버거워진 몸이다 그 앞 고요한 호수가 프린트한 것도 산이기 전에 모래를 게워내는 털 없는 짐승이다 희거나 검은 뼈가 모래산 속에 묻힌 건 알겠다 겨우 숨 쉬는 침묵이 지나가는 사람을 힘들게 한다 햇빛이 헹구어내는 모래가 뼈를 드러내려는 부추김이라면, 살을 버리는 뼈는 모래의 외투를 자꾸 벗기고 싶어 한다

파미르 고원

거긴 쭈글쭈글하고 늙어버린 땅, 하지만
음악을 원한다면 카페 창가에 앉는 대신
전통 악기를 끄집어낸다
두 장의 얇은 쇠받침을 입김으로 진동시키면
높은 산과 어울리려는 낮은 음들은 가지런하다
광물질의 국경 근처
녹슨 트럭에 대한 연민이던
제비꽃들
외투 껴입은 설산과 방한모의 길처럼
해발 사천 미터의 두통이 발걸음을 어지럽히지만
벽돌 무덤 가는 길은 먼지투성이,
죽음조차 메마른 땅을 벗어날 수 없기에
혓바닥은 자주 윗입술을 적신다네
허리 잘록한 호수의
지치지 않는 푸른빛이
말들의 눈동자까지 다 적신다
눈 덮인 산을 넘는
일몰이 가장 순한 짐승이라고 들었네

일몰이 내 안에서 먼저 붉어질 때,

산이 산을 올려다보는 땅에서

나를 지켜보는 나를 만나는 곳

눈 위의 발자국

죄의식을 본뜬 골목이 있다면
눈 위의 발자국도 있다

유리창에 입김을 불면 나타날 흔적처럼
얼굴에 스멀거리는 지울 수 없는 소인(消印)들처럼
먼 곳의 기적 소리가 결국 신음으로 바뀌면
아픈 사람의 발자국과 같은 숫자가 마음에 걸린다

얼음장 아래 여울물 같은
수녀님이나 아이의 발자국에도
죄없는 자의 죄의식이 느껴진다

눈이 만든 이 죄의식이란 희고 순결한 걸까
끝없는 의심이
열매 속 씨앗처럼 눈송이마다 눈동자를 심었던가

무너진 다리

한 번도 구부리지 못한 등이 아팠기에,
구부리지 않으려는 마음이 먼저였지만
다리는 결국 무너지고 말았네
강물이 지느러미뿐일 때가 가장 싫다는
교각류(橋脚類)의 신음 소리는 길고 무겁다
떠밀려온 쓰레기들이
물의 힘줄과 엉키면서 몸에 감긴 여름 내내
소리소리 지른 것은 자신이 아니었음을
기억하는 다리,
그때도 강은 다리쯤이야 금방 부수겠다는 듯이
품앗이꾼 흙탕물을 앞세웠다네
이상하지, 균열이란 내부의 논리라는 데 동의하고
제 몸을 소등(消燈)하면서 생긴 커다란 구멍을 재빨리
메운
매서운 바람, 또 그 일가(一家)가 되고 만
자신의 사라져가는 생에 대해
다리는 고개 끄덕인다네

호수

　해발 오천 미터, 석회암 지층이어서 코발트빛이다 호수는 비늘 번쩍이며, 호수냐 호수 이상이냐의 싸움 따위로 은밀하게 뒤척인다 물결 닮은 아가미가 있다면, 잊어버렸던 아가미를 내 허파꽈리 옆에 심어주는 건 또 무어냐 아가미 달고 물 위에 누워 호수만 한 눈동자를 들여다본다 하나의 거대한 물고기, 그러기에 호수 안에 다른 물고기는 없지만 비린내는 결코 지울 수 없다 비린내는 몸의 냄새만은 아니다

국경

제 눈도 제대로 못 뜨는 햇빛이다 풀을 뜯어 먹는 말의
갈기를 쓰다듬는 햇빛이다 매일 갈기를 바꾸어주는 햇빛
이다 능청스런 건 말이나 햇빛이나 닮았다 헹구어내지
못하는 내 빈혈만 애써 갈기 사이에서 햇살을 가려낸다
호수에 거꾸로 박힌 설산이 지금 호수를 달래는 중인 것
도 알지 못했다 호수를 간섭하는 건 내 작은 돌멩이가 만
든 동심원뿐, 그 너머 주상절리 봉우리가 국경을 닫았다

하루 종일

줄지은 은행나무 가로수 아래라면

나무보다 더 오래 나무이고 싶지

복개천의 고지랑물과 나무의 물관부가 겹쳐지는 곳

에서

개숫물처럼 흘러가는 게 내 피돌기라서

두근거리는 나의 엽록소는 어쩔 수 없이

하루 종일 광합성 작용을 시작한다

살비듬 바로 밑이다

은행나무 한 그루가 뿌리째 뽑힌 골목 어귀가 익숙한

걸 보면

옆구리 통증도 그쯤에서 시작했는가 보다

사방이 고요하다면 가로수 대신 팔 벌리고 하루 종일

벌을 서본다

금방 직립원인이 된 듯

두 발은 딱딱해지고 손가락 지문은 잎맥을 따라간다

내 안에 짐승이 뒹굴듯 땅속에도 짐승이 있어

쇠창살에서 빠져나오지 못한 팔은 뻣뻣해져서 죄다 마

른 나뭇가지를 닮았다

　내 안에 짐승이 외롭듯 땅속에도 짐승이 있어

　둘이서 나무와 사람으로 만난다

　한 번도 비를 피하지 못했기에

　창백한 가로수 사이 비어 있는 이곳은

　월세 여인숙으로 가는 골목의 입구,

　뿌리 뽑힌 나무의 구덩이가 핏발 선 붉은 흙으로 가득
찬 건

　나무에겐 오래전부터 눈동자가 없던 탓이다, 하지만

　내 눈이 나무로부터 빌린 것이라고 말하고 싶진 않다네

내 사랑은 런던에 있다

마리사는 아직 소설의 중간 페이지를 넘기지 못했다
사춘기 이후,
그녀의 사랑이 런던에 머문 이후,
마리사는 일찍 잠을 잔다
저녁잠을 방해한 이웃집에 총을 쏠 정도로
마리사의 밤은 오롯이 꿈이어야만 한다
퉁퉁 부은 다리만 탓할 건 아니다
하루 종일 서서 견뎌야 하는 다림질은 피곤하지만
마리사의 밤은 다른 이유와 다른 미로를 가졌다
피렌체의 골목길은 죄다 돌로 포장되어서
마리사의 딱딱한 종아리는 더욱 힘겹게 귀가하지만
마리사는 샐러드 아이스크림 빵 포도주의 저녁을
소화시키지도 않고 일백 킬로그램 몸과 함께 눕힌다
가끔 잠들지 않는 밤이래야 인터 밀란의 경기가 있는
날이다
그런 밤 마리사는 티브이와
런던의 안개 속으로 온전히 몸을 숨긴다
아, 그렇지 마리사의 곁눈질이 머무는 곳,

수십 개의 오르골이 있다

몇십 년 동안 모은 오르골이 마리사를 옹호한다

스스로 오르골을 보살펴왔다고 생각하기에

오르골들은 옹기종기 마리사의 눈치를 살핀다

마리사의 사랑이 아직 흐린 런던에 있듯

마리사의 밤도 여태 소설 속에 있듯

촐타크라는 산에서 만난 절망

　새벽마다 오르던 앞산의 나무와 풀을 죄다 뽑아내고,
흙을 씻어내려 한다 쏟아지는 폭우의 등을 타고 산을 자
꾸 물에 담근다 다 해진 살과 핏줄까지 드러난 바위들을
절반은 햇빛인 망치로 천천히 부순다 바람에게도 짧은
이빨의 쇠줄톱이 있다 그건 힘줄을 끊는 데 쓰인다 죄의
식 위의 퇴적층에 누워보고 다시 오래 비 오거나 눈 내리
면, 스님과 상인이 출몰하는 뾰족하고 울퉁불퉁한『서유
기』의 산을 닮아갈까
　절망이 말해지기도 전에 이미 풍화와 침식을 빌렸고
그 힘으로 치솟은 산이 세상 어딘가 있다 초록의 부재
에 대한 절망이 아니다 한때 무성했던 숲의 비명이기에
손톱만 한 창을 가진 산은 햇빛과 관계없이 먼저 어두
워진다

얌드록초 호수

혹 산정에서 수면과 마주친다면 그건 호수의 눈동자이기 전에 먼저 눈물이다

내 하루도 물소리 탓하면서 쓸데없이 귀가 커졌다

수면에 물결의 되풀이로 껌벅거리는 거대한 눈꺼풀을 보았을 때, 호수가 바짝 말라버렸으면 하는 설렘은 또 무얼까

호수 바닥에 선인장 뿌리처럼 촘촘히 박힌 감전된 시신경의 다발이 궁금하다

한때 말라버린 호수와 입을 닫아버린 라마승은 오래 싸웠다고 들었다

얌드록초 호수를 따라간 게 아니라 호수가 나를 데불고 가는 넓이, 더 넓어질 수 있다는 몽리 면적, 푸른 전갈의 앞집게발만큼 달려왔다고 속삭이는 건 이미 호숫가에 제 무덤을 마련한 사람이다

할아버지 병문안 가기

    텅 빈 집에서 만나는 슬픔, 그건 인기척에 지워지기도 하지만, 한동안 빈집이라면 바람벽에 우연히 남겨진 윗도리가 집주인 노릇을 한다 그게 싫어 바닥에 툭! 떨어지는 윗도리가 있다 더 오래 아무도 찾는 이가 없으면, 빈집의 바람 새는 목구멍마다 붙여진 정거장의 이름을 짐작할 일이다 꺽꺽 목이 잠긴 저음으로 커튼의 그림자와 함께 일렁이는 것들 중 사람 냄새는 없지만 두터운 귀는 몇 개씩이나 가지고 있다 슬픈 개망초가 피어나는 곳, 달걀 껍데기처럼 자잘자잘 바스러지는 침묵이 있고, 자신의 안으로 자꾸 쌓이고 자신이 문을 잠그어서 토해내지 못하는 울음이 있다면, 아무도 들락거리지 않았던 몸뚱이야말로 바로 텅 빈 집인 것을 곱씹는 노인이 있다

귀

　달포 전부터 귀에서 들리는 소리, 달가닥달가닥 조심스럽다 새벽에 여는 창문처럼 갑작스럽고 미세하게 시작했다 귀지일 거라는 생각에 도리질을 한 건, 수면에 번지는 파문이 귀를 중심으로 자꾸 넓어지기 때문이다 그냥 두기로 했다 걸으면 꼼지락거린다 달가락거린다 머리를 흔들면 서랍이 쏠리는 것이다 마치 누가 서랍을 들쑤시며 무언가 찾는 느낌이다 암내를 풍기는 서랍이 튀어나오려 한다 속수무책, 내 귓속에서도 살림이 따로 차려지나 보다 나만이 눈치챈 지구축의 기울어짐! 귓바퀴 안쪽 수초가 자라 몸이 헝클어지는 이유에 골몰한 사이 소리는 시나브로 없어졌다 서랍을 뒤흔든 힘이 바늘구멍 너머로 사라졌나 보다 저절로 그렇게 된 건 아니다 무슨 힘이 서랍을 열고 닫았을까

붉은 기와

  피렌체의 지붕은 붉은 기와, 죄다 붉은색이니까 색감이 흐려져서 흰색의 얼룩이 생긴다 붉은색은 홍채의 북채색이다 석조 건물에 박혀 차츰 희미해지는, 햇빛이 쏘아 올린 화살촉 일부는 아직 파르르 떨고 있다 그런 건물은 3층까지 어둡다 햇빛 때문에 길이 더 좁다래진 거와 다르지 않다 가령 바닥도 돌인 골목길을 몇 시간쯤 걸었다면 햇빛을 짓이긴 발바닥은 부르트는데, 그건 싸움의 흔적이다 햇빛과 싸우지 않으려면 햇빛처럼 강렬해야 한다면서도, 붉은 기와들은 종일 하품한다 게을러지기 위해 눈부신 햇빛 속에 가만히 있어본다 손톱에서부터 차츰 녹아가는 육체가 있고, 그건 내 마음이나 또 무언가 연결되었다는 느낌을 준다 그러니까 붉은 기와란 건 햇빛에 바짝 구워진 물상이다

베네치아를 떠나자

베네치아를 벗어나자마자 물의 느낌은 금방 사라졌다 온몸에 넘치던 물기는 흔적도 없이 뽀송뽀송해졌다 저 도시에 머물 때 내 몸 곳곳이 범람했다 십 킬로 이상 몸이 불었다 귀로 들어온 건 분명 바닷물이다 입으로도 들어온 강물은 너무 많거나 더러웠다 물은 넘쳐서 예컨대 내가 누군가의 탄식 소리를 들으려면 배를 타고 그의 귓가에 가야 했다 치즈 한 조각을 먹더라도 내 입 근처 배를 바짝 붙여야만 했다 철버덕거리는 물소리가 숨소리로 바뀐 건 베네치아로 입성하자마자 그러했다 베네치아를 떠나자라고 겁에 질려 다짐했지만 그건 강물과 바닷물이 뒤섞이는 합수의 소리일 뿐이다 자주 수로에 눕는 눈부신 햇빛의 누드가 있었기에 은밀한 욕망은 다 채우고 떠난 셈이다

구름

　구름이 선물을 담을 수 있는 상자란 걸 눈치챈 건 어느 흐린 날이다 푸르른 수박을 넣고 싶다 햇빛의 장식도 곁들이려 한다 내 구름의 철없는 겹보를 푸는 걸 도와주는 길고 긴 손가락이 필요하겠지만 그걸 받는 사람이 누군지 궁리할 필요는 없다 심심하다면 노방 겹보 매듭을 풀고 하늘수박 한 점을 삼켜볼 일이다 이제 상자가 필요한 것이다 구름이 나의 상자인지 알 순 없지만 구름이 무엇이라도 담을 수 있다는 건 알겠다

　여우비처럼 하늘 한구석이 훤해진다는 것은 누군가 지금 상자를 풀었기 때문이다

순수

　오후 1시의 골목을 디딘 순간 내 등 뒤에서 먼저 문 닫는 소리, 그늘이 골목의 입구를 잠근 것이다 나른하다 보자기만 한 햇빛도 간결해서 내 몸은 명암으로 뚜렷이 나뉜다 창문 아래 순한 송사리 떼처럼 몰려 있는 햇빛이기에 맨드라미는 황금빛 꽃잎을 가졌다 흑백의 고요가 담넝쿨을 감아가는 골목은 유쾌해서 몇 번이나 같은 대문을 지나쳤다 달콤하고 쌉쓰레하고 매콤하고 쓰디쓴 것들의 맛은 다시 나른하다 매번 향유고래의 회색 등을 디디는 순례자의 발자국을 따라가야만 했다 오후 1시의 긴 시계팔이 삶을 부축해 나올 때 골목을 가까스로 빠져나왔다 훙, 나는 너무 복잡했구나

감각의 흐름, 이후

박수연 · 문학평론가

> 의자를 기다린다
>
> 의자라는 모래, 의자라는 책의 예감
>
> 하루 종일 움푹 파인 그늘에서 책만 읽는 남자!
>
> ―「의자를 기다린다」 부분

송재학의 시는 감춤과 드러냄의 교과서이다. 시가 발언이라기보다는 눈짓이라는 점에 방점을 찍어야 했던 세대가 있다. 이들에게 시는 어떤 대상을 폭로하는 언어가 아니었다. 이때 시는 존재가 보내는 눈짓을 감춤의 언어로 이전시키고 그 후에 언어의 의미화 기능을 타진하는 과정과 함께 드러난다. 이 드러남은 그러나 명백한 의미의 영역을 이루지 못한 채 감춤의 영역으로 되돌릴 운명이었다. 감춤의 시는 그를 통해서만 미지의 의미들의 폭발을 예감케 했다. 그러나 문학적 예감이 미의 영역에 있는 한 실제로 시가 언제나 폭발 속에 있을 수는 없다. 그 시는 차라리 의미의 감춤이라는 형식으로 드러난 은폐의 언어였다. 이런 점에서 송재학의 시는 그의 세대 한 진영의 전범이다. 그는 1986년에 등단했다. 그때 많은 시는 세상의 흥흥한 소식들을 알려주는 일에 전력했으며 그 흥흥한 소식들에 대한 분명한 응답이었다. 그러나 그것만이 전부는 아니었던 것이다. 세상과 대결하는 실천적 태도를 보이기에 앞서서 그 세상의 존재론적 근원에 의문을 표시하는 자세가 있었고 송재학은 그렇게 의문을 표시하는 쪽에 있었다. "질문을 향해 내 사유와 우수는 기다리고 의지합니다"(「시론」)라고 그는 첫 시집에 적었다. 의문을 표시한다는 것은 그가 세상으로 향하는 정신의 긴장을 놓지 않는다는 사실을 암시한다. 그것은 불가능할 수도 있는 답을 구하는 행동이며 그것을 느낄 때마다 시에 어두움과 심각함을 부려놓는 행위일 수도 있다. 그때 시는 당장의 빛이 되지 못하지만, 그 일이 오래 진행될 때 시는 갑자기 불이 되기도 한다. 오래 진행된 만큼, 시는 어두움 속에서 심각하게 오래 타는 불이다.

최근의 시들이 초월의 세계로 나아가거나 가벼운 감각의 순간 포착에 집중한다는 점과 비교할 때, 오래도록 심각함을 버텨온 자세는 그것 자체로 기려야 할 덕목이 아닐 수 없다. 세계로 나아가면서 의문을 만들고 머뭇거리면서 고통받는 일은 쉽게 쓰여질 수 없는 시의 미학에 헌

신하는 자세이기 때문이다. 그 헌신의 오래된 심각함을 유지한다는 점 하나만으로도 송재학은 현실과 뒤틀린 관계를 맺는다. 그의 심각함은 그래서 현실적 심각함이지만, 거꾸로 이 뒤틀림이 그의 시를 현실에서 벗어난 언어로 읽도록 한다. 미란 추의 현실로부터 솟아 나온 것, 이를테면 현실의 어둠에서 비롯된 것이지만, 그 관계의 뒤틀림이 시의 언어를 비현실적인 것으로 만드는 것이다. 이것이 표면화되는 방식이 세상 속에서의 머뭇거림과 그를 위한 세상 속으로의 나아감이다. 송재학의 시는, 대상을 향해 나아가나 그 대상의 의미 앞에서 머뭇거리는 언어를 입는다. 그의 시의 아름다움은 그 나아감을 대리 표상하는 이미지의 연쇄 때문이고, 그의 시의 어려움은 그 이미지 연쇄의 비약 때문이다.

이 비약이란 그러므로 대상에 육박하지 못하는 언어들의 머뭇거림이 그 대상의 감각을 다른 대상의 감각으로 바꾸는 과정을 가리키는 말이 된다. 언어들은 무수한 시적 대상을 에워 돌다가 동시에 무수한 대상들로 갈라진다. 그의 시 형식은 이 갈라짐의 방사형이다. 하나의 이미지가 여러 갈래의 이미지로 뻗어나가는 형식. 이것이 그의 삶과 어떻게 연결되어 있을지는 알 수 없지만, 그의 사유의 한 형식을 보여주기에는 충분한 듯하다. 시 형식이 방사형이라는 것은 그의 사유가 그렇다는 것을 뜻한다. 그는 현실과 싸워나가는 사람이 아니라 현실을 사유하는 사람이다. 아니, 그는 사유로써 현실과 싸워나가는 사람이다. 싸움이 이곳저곳을 지향하는 사유로 에둘러지는 것은 그가 그 싸움의 앞면을 보지 않고 뒷면의 상처를 보기 때문일 것이다. 이때 그의 시는 도처에서 그 사유의 아름다움과 어려움을 견디는 마음의 갈피를 드러낸다. 견디는 마음은 당연히 뒷면의 상처까지, 혹은 그것의 또 다른 표현인 부정성까지 감싸 안는 아픈 마음이기 때문이다.

죽은 자의 육체가 누런 봉투처럼 납작해졌다
육체란 이처럼 자유로울 때가 있어야 하는 법
갑작스런 부음이 내 귀에 헛바닥을 날름거려
죽음과 삶의 경계를 불온하게 속삭인다
각을 뜬다는 말이 짐승에게만 해당되지는 않을 것이다
장의차는 사각형, 금방 죽은 자에게서 떼어낸 깁스한 다리
이다
내 몸의 옹이는 모두 닫히지 않는 문짝에 모여 있다
마치 해빙을 되풀이하며 추운 밤과 햇빛의 성질을 모두 간직해야 하는 생선의 육질 같아 자꾸 가렵다
내가 토악질을 한 가로수에서도 가지 부러진 곳을 제쳐두고 많은 옹이가 눈에 뜨인다
다른 나무가 건드린 물집이다
창문을 지나가는 덩굴이 멈칫거리는 건 너무 많은 불빛과

마주쳤던 탓인가

—「부음」 전문

죽은 자의 육체를 통한 사유가 끈질기게 '나'를 묶을 때, 나는 "죽음과 삶의 경계를" 그어놓는다. 그 육체가 "누런 봉투"에서 "혓바닥"으로 그리고 '각을 뜨는' 감각으로 이동하고 마지막으로 "장의차→깁스한 다리"에 이르면, 내 몸은 "문짝"과 "생선의 육질"로 감각을 바꾼다. 이 과정에 「부음」의 비밀이 함께 있다. 죽음이 삶이고 부정이 긍정이며, 또한 그 반대이기도 하다는 것이 그 비밀이다. 우선, 죽음과 삶의 경계. 경계란 접촉으로서 두 영역의 동시성을 지시하는 것이다. 그것이 제시되는 것은 죽음의 진술 이후, 시의 4행에 이르러서이다. 죽음이 먼저 있고 그 다음에 돌아보니 주체는 삶의 영역에 있는데, 그 영역이 죽음과 함께 있는 것이다. 그러나 이 함께 있음이 삶으로 하여금 죽음을 곧바로 긍정하도록 할 수는 없다. 죽음과 삶이 함께 있다는 말은 일반적인 진술이지만, 그 말을 하는 사람에게 그것은 고통스러운 진술이기 때문이다. 고통으로 인해 사람들은 오히려 그것을 갈라놓기 위해 애쓴다. 차라리 그 안간힘이 살아 있는 사람들에게는 본래적인, 에로스적 경향이다. 삶을 죽음으로 훼손받고 싶은 사람은 없는 법이다. 그런데, 그럼에도 불구하고 삶과 죽음의 동시성이, 시의 표현을 빌리면, '죽음과 삶

경계'에 대한 불온한 속삭임이 나에게 동시성이라는 감각의 연쇄를 남겨놓은 것이다. 이 동시성을 깨닫는 순간은 부정하고 싶은 것이 긍정되어야 하는 순간일 것이다. 이렇다면 이 동시성은 주체와 타자의 동시성이며 너와 나와 세계의 관계 맺음이고 한 존재가 다른 존재의 내부로 나아가는 경로에 대한 다른 이름으로 화하는 것이다. 따라서 부정이 긍정으로 바뀌는 일에 커다란 변화가 동반된다. 죽은 육체에게 그것은 '귀, 혀'에서 '장의차, 깁스한 다리'로의 감각의 변화이며, 나에게 그것은 '귀, 혀'에서 '문짝, 생선의 육질'로의 감각의 변화이다. 요컨대, 주체의 감각에서 타자의 감각으로의 이동이 여기에 있다. 시는 이 이동을 한 번 더 겹쳐놓는다. "내 몸의 옹이"가 '가로수의 옹이'로 바뀌고 그것이 "다른 나무가 건드린 물집"으로 옮겨갈 때 그렇다. 이렇게 해서「부음」은 대상을 향해 육박해가되, 그 대상을 에두르는 삶의 운명을 그려놓은 시가 된다. "창문을 지나가는 덩굴이 멈칫거리는 건 너무 많은 불빛과 마주쳤던 탓"이라고 쓰는 시인에게는 현실을 견디는 마음이 곧 대상 뒷면의 상처까지 감싸 안는 아픈 마음이다.

그런데 그 대상의 모습이 한 가지일 수는 없다. 대상의 무한 분열 앞에서 언어들이 머뭇거리는 데는 또 다른 이유가 있는데, 그것은 대상을 향해 나아가나 그것의 진면모를 분명히 알 수 없는 곳에서 세계가 움직이기 때문이다. 존재론적 근원을 탐구하는 송재학의 시가 이미지로 흘러넘치는 것이 이로부터 비롯된다고 할 수 있다. 알 수 없는 대상 탐구의 최종 형식은 그 대상의 변이체들을 감각화하는 것이다. 이것은 대상을 그것 자체의 무수히 많은 감각들로 받아들인다는 사실을 가리킨다. 세계는 비록 알 수 없는 것일지라도 언제나 주체 옆에 감각 가능한 것으로 이미 있는 것이다. 이 감각과 함께 질문을 던지고 답하는 방식, 그것이 송재학의 시이다. 그는 이렇게 썼다.

> 다행이지 않은가 모든 삶을 알지 못하는 것이,
> 시선이 닿지 못하는 첩첩 산 뒤가 후생인 것처럼,
> 의심투성이 고비 사막에서 티베트까지 울퉁불퉁한 비포장 길이 좌우로 나누는 것도 생이다
>
> ─「다행이다」 부분

그의 시가 오래도록 어두움과 심각함에 시달려왔다는 사실을 기억해야 할 것이다. 어두움과 심각함은 대상의 의미를 형성하는 데 있어서 주체가 무력하다는 사실을 암시한다. 본질을 알지 못하는 자는 끝내 세계에 대한 의문으로부터 자유로울 수 없다. '죽은 자의 육체만이 자유로운 것이다'(「부음」) 이때 시는 세계 앞에서 머뭇거리는 상태로 끝난다. 분명한 감각의 진술은 단호하지만, 불분명한 의미의 내용은 언제나 미지의 영역에 문을 열어둔 상

태로 마침표를 찍는다. 이를테면, 형식은 미적으로 견고하고 의미는 인식적으로 애매하다. 한국 시에서 일찍이 찾아보기 힘들었던 언어미학주의가 송재학에 이르러 뚜렷한 자기 영역을 개척하고 있는 것이다. 이는 최소한 언어 감각의 측면에서는 한국 시의 오랜 농경적 서정주의에 대한 비판 행위의 한 경향을 보여주는 것임이 분명하다.

그렇다고 해도 이것이 송재학의 시를 반전통주의로 읽게 하는 것은 아니다. 그의 시는 오히려 전통적 사유와 풍물에 대한 남다른 태도로 일관된 측면이 있다. 가령, 첫 시집의 「志鬼의 노래」 연작에서부터 이번 시집의 「사막에 숨는다면」이나 「양이두로 상상하기」에 이르기까지, 시들은 동양적 인문 지식을 계기로 삼아 현재적 감각의 서정적 깊이를 형식화하고 있는 것이다. 이른바 주객일치나 사사무애의 경지가 여기에 있다.

> 내 몸에 터 잡은 사막이 느껴지는데
> 어디건 맘껏 울음 터뜨릴 저수지라도 쌓아볼까
> 뱃속의 책을 다 끄집어내어 햇빛에 말릴까
> 나, 없어지면
> 모래구릉 하나 봉분처럼 솟거나
> 모래웅덩이 움푹 파일 텐데
> (…)
> 날 삼키고 지평선과 노을마저 합쳐질 때

사막은 제 몸의 물기 다 퍼내고

여윈 몸으로 묵언을 준비하는데

나, 견디지 못하고 철들면서부터 줄달음쳐버렸다

—「사막에 숨는다면」 부분

몸속에 사막을 느끼는 감각이 송재학에게 유별난 것일
수는 없다. 일찍이 유치환을 통해 발설됨으로써 생의 의
지를 반성케 했던 사막 이미지에서 시작하여 최근에 와서
도 그것은 김진경이나 이은봉 등에게서 여러 번 반복되는
것일뿐더러, 최근의 시인들에게 특히 그것은 현대적 삶의
불모성과 가능성을 동시에 상상케 하는 주요한, 그러나
때로는 상투적인 원천이다. 그런데도 송재학이 그것을 반
복해서 사용하고 있다면, 여기에는 그 상식의 반복으로서
획득되는 특이성이 있기 때문일 것이다. 시란 자기 갱신
을 통한 이화(異化)의 세계를 사는 언어 구성체이기 때문
이다. 이번 시집에서 모래 혹은 사막 이미지를 반복하는
시들로, 「진흙 얼굴」("앙다문 입 바로 안쪽의 동굴에 가득 찬
것이 모래라면, 뱉어낼 것이 아니라 모래로 쓰여지는 글자를 찾
아야 한다"), 「사막의 강을 와디라 부른다」("슬픔이란 우당
탕탕우당탕탕우당탕탕/……거센 흙탕물이 갑자기 모래 속으로
스며들 때의 고적감이 아닐까"), 「낙타와 낙타풀」("소소초 안
에도 모래와 자갈뿐인 사막이 있어 타박타박 야생 낙타가 걸어
가고 물고기였던 내가 화석으로 발견되곤 한다") 등이 있다.

그는 무엇을 말하려는 것일까?

　반복이란 어느 경우든 의미의 강조로 귀착되기 마련임을 염두에 두도록 하자. 송재학에게는 그러나 그 강조가 다른 시인들과는 달리 감각 자체의 부각을 통해 존재론적으로 이루어진다는 사실이 중요하다. 그의 시는 상투적인 의미 자질을 감각의 존재론으로 감싸 안는다. 이와 함께 그 감싸인 의미가 감각의 충돌에서 비롯되는 미지의 의미로 스스로를 열어놓는다. 예로 든 일련의 사막 이미지 시편들도 예외가 아니다. 모래와 사막은 단순히 삶의 불모성을 비유하는 기능에 갇혀 있지 않다. 오히려 모래는 자신의 감각을 부각시킴으로써 그 불모성이라는 의미론적 자질들을 깊이 묻어두는 변형을 이룬다. 이 변형과 함께 대상 자체에 충실한 새로운 의미가 솟아오르면서 모래와 주체의 일체화라고 할 만한 일이 일어나는데,「진흙 얼굴」은 ‘모래로 된 얼굴’이며「사막의 강을 와디라 부른다」는 ‘주체의 슬픔과 결합된 모래의 흐름’을 노래하고「낙타와 낙타풀」은 ‘사막에 생존해 있는 존재 자체가 이미 사막’인 상태를 묘사한다. 주체는 대상의 감각을 자기화하는 것이지만 그것은 대상의 감각에 입각해서만 그럴 수 있다. 송재학 시의 대표적 특징이라고 할 만한 것으로서 이와 같은 감각 표현은 그 표현 자체로써 대상 자체의 현존을 부감하는 기능을 한다. 분명한 의미보다도 감각의 현현에 집중하기 때문에 그의 언어들은 주체를 대상의 저

깊은 곳에 밀어넣는 듯이 보인다. 「사막에 숨는다면」은 그것의 비유적이고도 분명한 진술이다. "사막"이 "내 몸에 터 잡은" 형태는 사실은 내 몸을 삼킨 사막의 뒤집어진 표현이다. "모래구릉"과 "모래웅덩이"도 마찬가지다. 이것들은 모래가 되어 사라진 주체의 현상을 집약한다. 이것이 대상의 감각에 압도되는 시인의 고백이기 때문에 독자들은 일단 대상 자체에 사로잡힐 수밖에 없다. 그런데 단어들이 감각이라면 문장은 주체의 표현이다. 하나의 기표는 다른 기표로 나아가면서 주체를 표상한다(라캉). 이 말을 기계적으로 확장해도 된다면, 하나의 시행이 다른 시행들 속으로 들어가고, 최후의 전체적인 시행 배치가 나타나는 곳에서 주체가 표상된다고 할 수 있다. '단어-시행'이 대상의 직접적 감각에 응한다면 '문장-시'는 대상을 재구성하는 주체의 의도에 답한다는 말이다. 이 결과 한 편의 시는 전체적으로 대상과 주체가 한 몸으로 뛰어노는 공간이 된다. 특히 시의 마지막 행은 주체의 자기 표현이 결정적으로 실현되는 장소이다. 「사막에 숨는다면」의 마지막 행, "나, 견디지 못하고 철들면서부터 줄달음쳐버렸다"가 행하는 역할은 대상의 감각에 파묻힌 주체가 대상의 규정적 힘에 대응하는 모습의 형상화이다. 두 가지 의미에서 그렇다. 시 형식 일반론의 차원에서, 마지막 행은 대상의 무한한 진행에 주체의 의도를 최종적으로 삽입시켜 종결부호를 찍는 부분이다. 이 종결부호란, 대상이 끝나는 장소가 아니라 주체가 강조하는 장소를 가리킨다. 주체는 결정적으로 대상을 자기화한다. 다음, 구체적인 시 의미의 차원에서, 주체는 대상으로부터 달아나는 자신을 묘사하고 부각시킨다. 여기에는 모래와 하나가 되었던 자신에 대한 부정이 있다. 모래와 하나일 때 그 모래의 감각이 전면화된다면, 모래로부터 달아날 때 달아나는 주체의 힘이 전면화되는 것이다.

그렇지만 이 달아남이라는 행위가 대상과 주체의 분리를 선언하는 것으로 읽혀서는 곤란하다. 오히려 그 반대다. 주체를 달아나도록 하는 것이 대상이고 대상을 감각하는 것이 주체라는 사실을 주목해야 한다. 그것은 관계를 통해 드러나는 감각이지 고립적으로 형성될 수 있는 감각이 아니다. 이를테면 주체와 대상의 일치는 그것의 동일성을 노래하는 곳에서 나타나는 것이 아니라 그것의 동시적 운동을 통해 이루어지고 전달되는 것이다. 한 편의 시는 대상과 주체의 운동을 통해서, 관계 맺음을 통해서 감각이 되고 의미가 된다. 반면에 동일성이란 고립된 채로 추상된 존재의 자기 동일성을 가리킨다. 여기에 '관계'는 없다. 오직 자기 동일성의 고정성만 있을 뿐이다.

주체와 대상의 일치를 사물들의 운동 속에서 보여주는 시편들로,「사물 A와 B」("개울이 흘러 물소리가 들리는 게 아니다 내 몸에도 한없이 개울이 있다"),「천둥 같은 꽃잎」("어찌해 천둥소리는 나무보다 내 안에서 먼저 북채를 잡았을까"),「내 몸에서 연어를 잡다」("연어를 생각하자 내 등에 지느러미가 돋아나와 물의 숨결 하나하나와 부딪친다") 등을 들 수 있다. '개울물 소리'도 '천둥소리'도 '연어의 유영'도 모두 움직임을 통해 의미를 실현하는 것들이다. 이것이 관계를 통해 가능하고, 그 관계가 '주체-대상'의 고립적 영역을 허무는 일과 통한다면, 지금까지 살펴본 것들이 이른바 사사무애의 차원을 지향하고 이룩하는 언어 구성체라는 사실을 지적하는 것은 차라리 새삼스러운 일이다.

그러나 주체와 대상의 일치가 언제나 지속 가능한 것은 아니다. 시인은 "나, 견디지 못하고 철들면서부터 줄달음쳐버렸다"는 말로 그 일치 상태가 모래처럼 흩어지는 장면을 묘사한 바 있다. 이 흩어짐의 이미지야말로 송재학의 또 다른 시적 전언 중의 하나이다. 그것은 특이한 모래이다. 감각들의 산포가 송재학 시의 전형적인 형식이라면, 모래의 흩어짐은 그 산포의 형상적 표현이며, 그 이후에, 산포된 감각들의 충돌 집합은 시 의미의 애매한 산출을 가져온다. 모래들이 만나서 사막을 이루고 바람에 흘러가듯이 감각들은 세계의 훈김인 정서와 만나 대상들 사이로 흘러간다. 이 흐름 이후에 의미가 탄생하는 과정은 곧 대상의 압도에서 탈출하는 주체의 등장과 유사한 형식을 갖는다. 의미는 주체가 의미화하는 것이다. 물론 그 주체에는 독자도 포함될 것이다. 따라서 그의 시는 독자가 시를 읽어볼 때까지 끝없이 유예되는 텍스트이다. 아니,

오히려 그의 시는 시를 읽은 후에도 계속 유예되는 의미의 텍스트이다. 이 말은 1990년대 이후 유행하기 시작한 기표의 미끄러짐이라는 명제를 가리키기 위한 것이 아니다. 그 명제는 너무나 유행한 나머지 이제는 과도하게 일반적인 사실이 되어버렸다. 세상에 의문을 갖는다는 것은 그 세상이 하나의 결정된 언어로 존재할 수 없다는 사실을 말해주는 것과 같다. 세상은 언제나 움직이는 중에 있으며 그 속에서 스스로를 드러내고 드러내자마자 모습을 다시 감춘다. 그러므로 언어의 미끄러짐을 지적하는 것은 너무 상투적인 일이다. 앞의 말은, 그런 뜻이 아니다. 구체적인 차원에서 그의 시는 의미의 불확정성이 오롯해지는 작품군에 속한다. 이때 의미는 전적으로 감각에 매혹된 독자의 몫이 된다. 그렇다면 대상과 주체가 희미해지듯, 시인과 독자의 경계가 희미해지는 것 아닐까?

이것을 시인이 의도한 것이라면, 그의 시는 이른바 주객일치의 차원을 극단적으로 밀어붙인 경우에 해당할 것이다. 의도만으로 시를 분석하는 일의 위험성을 지적해두어야 하겠지만, 그 의도가 있었던 것이라면 송재학의 시는 꽤 훌륭한 성취에 도달한 셈이다. 그리고 의도와는 무관하게 시에는 시적 무의식이 있기 마련이다. 최소한 시적 무의식의 차원에서 시인과 독자의 경계는 사라져버린다고 할 수 있다. 감각을 포착하는 것은 시인의 몫이라고 해도 그로부터 의미를 산출하는 것은 독자의 몫이기 때문이다. 여기서 다시 한 가지 사실을 더 덧붙여두기로 하자. 분석적 세계 이해가 그의 시 형식으로 드러난다면 — 감각의 나열은 개별적 세계의 명민한 지각에서 비롯되는 것이다 — 종합적 세계 수용은 그의 시 의미로 귀착된다 — 애매성의 세계는 분별지를 넘어선 사사무애의 또 다른 이름이다 —고 할 수 있을 것이다.

이것으로 송재학 시의 모든 것을 살펴보았다고 말할 수는 없다. 아마 독자들이 압도적으로 경험하게 되는 그의 시의 한 측면만을 건드려본 것에 불과할 것이다. 이 언급들에 관해서도 더 해결해보아야 할 것들은 많다. 감각과 지각은 어떻게 나뉘는가, '대상-감각'과 '주체-지각'은 이 글에서 살펴본 '대상-주체'와 관련해서 그의 시에 어떤 종횡을 긋는가, 그의 시는 미학적인 것을 넘어 심미성의 차원에 도달하지 못하는 것인가, 가령 존재의 사랑을 묘파한 「맛있다」나 김수영의 「현대식 교량」을 생각하게 하는 「의자를 기다린다」는 미학적인가 심미적인가 등등. 이 글은 이제 겨우 그를 위한 독서의 입구에 도달해 있을 뿐이다. "이제 잠들다 깨어나면 나는 의자의 살과 뼈,/의자 속에서 성장하리라/하여 지금 내가 기다리는 건 이색다른 의자에 앉을 속 깊은 사람"(「의자를 기다린다」). 송재학의 시가 구성하는 의미의 세계는 정말로 더 깊은 기다림을 통과한다면 분명해질 수 있을까. 그가 심각함과 어두움을 오래 견뎌왔다는 것은 오히려 그 의문이 또 다른 대답과 또 다른 이미지를 찾기 위한 통로임을 의미할 것이다. 의문은 부자유를 가져오지만, 부자유는 자유를 알고 있는 사람에게는 계속 시를 쓸 수밖에 없도록 하는 힘이 되는 법이니까.

문예중앙시선 004

진흙 얼굴

초판 1쇄 발행 | 2011년 4월 28일

지은이 | 송재학
발행인 | 김우석
편집장 | 원미선
책임편집 | 박성근
편집 | 박민주
마케팅 | 공태훈, 김동현, 석평자

디자인 | 오필민디자인
인쇄 | 동양인쇄

발행처 | 중앙북스(주)
등록 | 2007년 2월 13일 (제2-4561호)
주소 | (100-732) 서울시 중구 순화동 2-6번지
전화 | 1588-0950
홈페이지 | www.joongangbooks.co.kr

ISBN 978-89-278-0204-4 03810